ELPÉNOR

PAR

JEAN GIRAUDOUX

PARIS

ÉMILE-PAUL FRÈRES, ÉDITEURS
100, RUE DU FAUBOURG SAINT-HONORÉ
PLACE BEAUVEAU

M CM XIX

ÉLPÉNOR

L'impression de ce volume tiré à 950 exemplaires (1-950) a été achevée sous les presses de l'Imprimerie Durand, à Chartres, le 25 août 1919. Le présent exemplaire est justifié :

Heureux écrivains qui le matin, au réveil, salutaire exercice, faites des haltères avec l'Iliade et l'Odyssée...

C'est alors que mourut le matelot Elpénor. Seule occasion que j'aurai de prononcer son nom, car il ne se distingua jamais, ni par sa valeur, ni par sa prudence.

HOMÈRE. *Odyssée.* Chant X

LE CYCLOPE

L'ILE était un paradis. Les compagnons d'Ulysse, qui depuis quatre jours n'avaient mangé ni bu, y découvrirent plusieurs sources, dont l'une d'eau pétillante, tous les fruits, plus une baie acidulée, énorme, qui fondait délicieusement avec son noyau dans la bouche, et toutes les espèces de gibier, plus le lubard jaune rayé de noir, qu'ils découpaient par tranches transversales. En somme, le bonheur : c'est-à-dire tous vos vœux exaucés, plus celui qu'un dieu seul peut former pour vous. Toutes les ombres d'arbres, plus une parfumée qui se modelait sur le dormeur et lui évitait des camarades de sommeil, et il y avait pour les couples d'amis des ombres jumelles...

Cependant, dès l'après-midi, matelots et fourriers trépignaient le sable comme s'ils avaient à en arracher le doux jus des vendanges. De leurs yeux ils versaient d'abondants ruisseaux de larmes, de l'œil droit pétillantes. Ulysse ne voyait point les avirons, enfin rassasiés d'eau salée, rentrer, langues de bois, dans les hublots de la trirème et ses compagnons y apparaître, armés de battoirs et de linges. Ils tordaient seulement leurs bras, d'où coulait un soleil aride. Si l'un deux, repu de chasse, s'étendait de biais sur son javelot étincelant, il agitait par saccades. dans le sommeil, ses jambes bien fendues, comme les grenouilles sur leur fil de cuivre, et se débattait dans les bras ravisseurs de Morphée. Ainsi l'enfant que sa nourrice emporte loin de la belle flaque d'eau. Bref, ils avaient tous les chagrins mortels, plus un qu'ils ignoraient, de ceux qu'un dieu seul peut donner.

C'est qu'une autre île, à un quart de lieue, se dressait, et ils n'éprouvaient plus de désir que pour elle. Non pas qu'elle promît plus que la première, car elle lui était étrangement semblable, Même pic en son centre, sur les escarpements les mêmes jardins d'oranges, et la mer dessinait autour d'elle (Ulysse les fit compter par Périmède), le même nombre de rides. A chaque platane répondait là-bas un platane, à chaque arbousier un arbousier, et les matelots maintenant se refusaient à cueillir les arbouses et les pêches, pour ne pas causer ils ne savaient quel dommage à leurs jumelles de l'autre île. Euryloque, qui voyait l'aigle avant que l'aigle ne vît Euryloque, et qu'Ulysse dans les brouillards plaçait devant lui comme un verre grossissant, orientant sa tête de la main, apercevait les mêmes zèbres courir à la file sur le rivage comme des barrières sous le soleil chatoyant. Aller dans la seconde île était exactement rester dans la première. Mais, de même que l'ami de l'amazone se languit vers le sein absent et le modèle et le caresse dans le sable des plages, de même que les époux de deux sœurs jumelles vivent le visage oblique et leurs regards croisés, tourné chacun vers celle qui n'est point sa femme ; ainsi un courant doré tournait autour des îles comme une lanière et les compagnons, remuant d'impatience le pied, comme le repasseur, y aiguisaient leur désir. Ils ne voulaient pas voir que posséder la seconde image du bonheur, c'est en convoiter la troisième et se livrer à la chaîne infinie. Ils n'imaginaient non plus qu'ils pouvaient dans ce miroir se rencontrer eux-mêmes et, comme deux chèvres sur la planche qu'enjambe l'abîme, se heurter du front à leur propre existence. Toujours est-il qu'ils refusaient de jouer avec leurs osselets encore tout frais, arrachés du jour aux tendres agneaux, car ils avaient mangé les anciens pendant la famine, et qu'ils poussaient, de minute en minute, comme les poètes, de sinistres hurlements.

Le matelot Elpénor se désolait entre tous.

— Ah ! divin Ulysse ! criait-il, mène-nous vers la seconde île. N'as-tu donc pas comme nous, après que tu as accompli un exploit (ou le moindre geste), le sentiment que le même, juste le même, te reste à accomplir ? Certes nous avons pris Troie, mais ne sens-tu pas toi aussi qu'une seconde Troie, intacte, poursuit la vie de la première, et dans tous ses détails, et Hélène machinalement coule vers Pâris un regard, et quelque écuyer inconnu applique à la dérobée une gifle sur la croupe du cheval d'Hector, et les servantes d'Hécube polissent dans les sous-sols, avec un terrible souci, une assiette d'argent terni. Certes nous avons vu les trois sirènes, mais il nous reste à voir trois sirènes encore, si différentes, juste les mêmes ; et nous envions ceux qui n'ont pas vu les premières. Et toi-même, divin Ulysse, je te touche, j'embrasse tes genoux, mais laisse-moi supplier à travers toi le second Ulysse, dont toi-même, ô cruel, nous sépares! Que celui-là me pardonne d'avoir pour désir une sphynge à deux seins, puisque aussi bien j'ai deux yeux et deux oreilles.

— As-tu deux langues ? répartit Ulysse. En ce cas je suis perdu.

Mais les matelots s'étaient assemblés...

— O roi d'Ithaque, criaient-ils, Elpénor est fou, et fou qui veut aller dans l'île! Or donc, inflige-nous la punition de nous y conduire, car il est évident qu'arrivés là-bas nous n'aurons plus de soucis que pour celle où maintenant nous sommes... Au travail, camarades, et jetons à la mer pelures, os, et noyaux, car nous nous repentirions amèrement, une fois en face, d'avoir souillé, quand il était notre demeure, notre désir!

Ainsi ils croyaient flatter Ulysse, rigoureux sur la propreté, et bientôt il n'y eut plus de sale, comme dans les pays récurés du Nord de l'Europe, que l'eau et que la mer.

— Parez donc le vaisseau, leur dit Ulysse.

— O Zeus, pensait-il cependant, ne

m'as-tu pas mené aux limites suprêmes, et cette barre qui joue entre les deux îles n'est-elle pas le pli qui sépare notre monde du monde des Idées ? M'as-tu donc jugé digne, le premier, de voir des mortels et des objets autre chose que leur corps et leurs ombres ? Cette île n'est-elle pas l'Idée de notre île, l'île que toi-même tu créas, car tu ne serais pas dieu si tu t'étais mêlé de l'ignoble matière ; et un démiurge a suffi. Allons donc vers l'Ile véritable. Je sens que la ceinture de l'Univers s'agrafe par ces deux boutons étincelants !

Mais il se garda de confier de telles pensées à ses matelots et se contenta de les faire parer et parfumer, comme le philosophe pare et parfume ses disciples, le jour de son cours où ils doivent apercevoir, à travers les mots, le royaume des Idées. Puis Zéphir, prenant le vaisseau par ses deux voiles, l'emporta, et soudain, comme le cocher ramène la tête du cheval effrayé vers la borne de marbre, l'arrêta frémissant près d'un promontoire.

Là où séjourna leur désir, les mortels vont avec plus de respect que là où habita un dieu. Tout ce que les matelots avaient détruit ou dédaigné dans la première île, ils le considéraient maintenant d'un œil charmé et le caressaient de mains innocentes. Ils ne tuaient plus les animaux, et d'ailleurs le soleil couchant enveloppait les antilopes, les martres et les papillons mêmes du vernis dont s'enduisent les feuillages éternels. Seule l'âme d'Ulysse était rongée par l'inquiétude et sans vernis, car il avait aperçu sur le rivage l'empreinte d'un pied gigantesque. Anxieux aussi de peser le moins possible sur un monde peut-être immatériel, il avançait d'un pas sans trace, tâtant le terrain de son bâton comme s'il l'eût pensé un décor creux, et il fermait les yeux au moindre rayonnement, par crainte qu'une fulguration subite n'absorbât le faible flambeau de son âme.

— O Pallas ! pensait-il. Fasse que je foule une terre et non une œuvre de Zeus ! Fasse surtout que le géant qui habite cette île, ne soit point, par un jeu de l'Olympe, ma propre Idée. Je viens de voir qu'il ajuste ses bandelettes en méprisant l'orteil, ainsi que seul j'en ai la coutume ! J'en frémis. Quel prestige aurait désormais aux yeux de ses matelots ton cher Ulysse, s'ils l'avaient pu comparer à un Ulysse décuple !

D'autre part, voyant l'ombre d'Euryloque happée par l'ombre avide d'un figuier, il recommençait à craindre que tous ces faibles corps humains, y compris son corps royal, ne fussent bus soudain par leur divine souche, et il préféra rentrer au sein de la terre même :

— O camarades, ordonna-t-il, montons à cette caverne, et dormons.

Et il imposait silence à Phaësias, le premier qui ait inventé de dire vous au lieu de tu, qui répétait : « O vous, Ulysse », et le roi d'Ithaque frémissait de cet insolent pluriel.

Déjà ses compagnons dormaient, et lui-même marchait en gambadant sur le monde de Morphée, plus solide ce soir-là que le monde de sa veille, quand le soir jeta dans la grotte un troupeau de brebis immenses et l'y laissa, et ainsi l'ouragan abandonne au rivage ses flocons, ses colères. Le Géant entra derrière elles, et d'un rocher sépara la nuit du dehors de la nuit sans étoiles.

Puis il prépara du feu, et les nœuds des chênes sous ses mains éclataient comme des fougasses. Ulysse, aux jointures duquel, comme un mal, s'accumulait l'angoisse, écrasé par la crainte de l'immortel et géant Ulysse, tâchait de distinguer les mouvements du monstre. Mais il ne pouvait qu'entendre son fracas. Cela d'ailleurs lui suffit et bientôt son cœur battit moins vite.

— O fille de Zeus, pensa-t-il, sois louée ! Celui-là tousse, renacle et crache. Celui-là n'est pas le net Ulysse.

A ce moment le feu flamba et le géant vit les Grecs. Il était un jeune Cyclope, hirsute comme la montagne, et qui dévorait une biche. Tous pâlirent, moins Ulysse, qui ne redoutait guère que lui-même, fût-ce à grandeur égale, et qui s'avança au devant de l'horreur, épanoui à l'idée de berner un Cyclope, et se divertissant dans son discours à des inversions. Car, par plaisanterie, il recourait aux formes du langage des futurs germains qui gardent pendant toute la phrase le verbe comme un noyau dans leur bouche, et l'échappent soudain :

— O Cyclope, dit-il, ce n'est pas deux, ce n'est pas quatre, ce n'est pas six yeux ou paires (ou couples) d'yeux, qui pour contempler celui qu'au centre de ton front par ton cerveau même tu nourris, suffiraient. Bouclier, contre lequel d'Apollon les flèches se brisent, et ton sourcil comme l'arc noir de l'amazone au-dessus soudain de son bouclier rond, sur lui apparaît et se tend. O Cyclope, quand ton œil tu clignes, il semble que le soleil cligné a ! A quoi la beauté reconnaît-on ? A ce que les dieux l'envient. Or tu es du plus puissant, de l'Amour lui-même, envié! J'ai bien dit l'Amour, et non l'Amitié, et non le Plaisir! Anxieux de te ressembler, l'Amour s'apposa sur l'œil droit un bandeau qui depuis a glissé aussi, le maladroit, sur le gauche !

Le Cyclope s'inclina, et ce que Borée ne peut avoir du chêne, de cette masse le souffle d'Ulysse l'obtint. Cependant les matelots, hilares, et délirants de trouver, à la place d'une terrible aventure, un intermède, se levaient et criaient :

— Hourrah! Hourrah pour le Cyclope! L'Amour tâche à lui ressembler. Cache-toi, ô Amour! Tu connais les cachettes!

Le Cyclope les écoutait, stupide. Les éclats grecs de ces voix traversaient de ses pavillons la forêt épaisse, que les optatifs chatouillaient. Une minute il semblait les y retenir, penchant la tête, comme un vin dans une coupe ; puis, laissait aller la louange par l'énorme canal qui conduit au marteau. Celui-ci frappait sur l'enclume, l'enclume sur le tympan. Alors il entendait. Mais son tympan était si sonore et si large qu'on l'entendait entendre.

— Étranger, dit-il enfin, tu as la langue bien pendue. S'il est permis avec toi de n'avoir qu'un œil, il ne l'est point de n'avoir qu'une oreille !

Alors les matelots, comprenant qu'ils étaient sauvés, claquèrent des mains et crièrent :

— Ce n'est pas du miel qu'il y a sur les lèvres du Cyclope ! Ou alors, avec ce miel, l'abeille oublia son aiguillon. Il a de la répartie comme un diable !

— Étrangers, répondit le Cyclope, j'aime vos discours. Je m'en voudrais de vous cacher qu'un jour viendra où vous me servirez de pâture. Mais que cela ne nous empêche point d'être amis ! La cuisinière alerte tuera les poules, mais elle est la bienvenue dans la basse-cour et la gent ailée, à l'envi, s'ébroue de joie à sa vue.

Alors les compagnons d'Ulysse, comprenant qu'ils étaient perdus, s'écrièrent :

— Il a raison! Ébrouons-nous à l'envi ! Le Troyen qui affirmera que la cuisinière alerte n'est pas la meilleure amie des poules, nous lui enfoncerons, — dans sa bouche fendue de biais comme l'œil amande de l'hypocrite asiatique, — à coups de maillets, une betterave!

Le Cyclope tourna le dos au feu. Sa longue barbe était pleine des débris de l'antilope, mais les matelots n'osèrent le lui signaler sachant que les hommes eux-mêmes se froissent d'une telle remarque, que l'intérêt public pourtant inspire seul.

— Et toi, dit enfin le géant à Ulysse, qui as la langue comme un python pendu par la queue et par elle pourrais soulever un bœuf, quel est ton nom ?

— Je m'appelle Personne, répondit Ulysse.

— C'est un nom qui ne me dit rien, dit le Cyclope. Mais ne connais-tu pas les droits d'un hôte ? N'as-tu pas à me révéler aussi le nom de ton père, et celui de ton aïeul ?

— Mon père s'appelait De Personne, reprit Ulysse. Il était de naissance noble. Moins cependant que le père de mon père, qui s'appelait De De Personne.

— Et toi ? dit le Cyclope à chaque matelot.

Mais les matelots, devinant la malice de leur roi, fixèrent les yeux sur lui, et d'après la part du corps qu'il désignait du doigt sur lui-même, se forgèrent chacun leur nom :

— Je m'appelle Monfront, dit Euryloque...

Et tous suivirent son exemple. Non toutefois sans une alerte, causée par Elpénor, qui n'avait pas compris la ruse, et s'obstinait à ne pas répondre, interloqué par le geste d'Ulysse, qui montrait son œil d'un doigt plus frémissant que celui de la boussole, et par les vingt-quatre gestes de ses camarades qui imitaient Ulysse. Déjà le Cyclope allait sur lui, menaçant. Enfin sa face s'éclaira :

— Je m'appelle le Cyclope ! hurla-t-il triomphant ; et le nom résonna dans la caverne.

Alors ses compagnons, voyant leur mort s'écrièrent :

— Ah ! que ne sommes-nous restés dans l'autre île ? Certes il est beau de voir le plus bel œil de Cyclope luire en notre prison. Mais que sert au malheureux chancre d'habiter l'huître, nourrît-elle la plus belle perle ?...

Mais, entendant ce nom redoutable, le Cyclope, pris d'un tremblement, se rassit.

— Dis-moi, Personne, demanda-t-il doucement quand son cœur fut calme, as-tu jamais aimé ?

— C'est selon, répartit Ulysse. Qu'entends-tu par aimer ?

— Par aimer ? reprit le Cyclope (et, coloré par les reflets du bûcher, il semblait brûler lui-même)... Par aimer, j'entends frissonner d'un feu qui glace, étouffer d'une ombre aride, j'entends écrire mon nom à la hache sur l'écorce des chênes, et dans la mer avec des quartiers de roche habilement posés. Pauvre nom que le flux chaque jour recouvre, et je me sens des heures entières anonyme. Et j'entends enfin, selon l'humeur de l'objet, — c'est ainsi n'est-ce pas que vous autres hommes appelez vos amantes? — selon l'écart des deux petits plis à son front, fatal aiguillage, arriver en une seconde à l'idée du bonheur ou du malheur éternel, et le tuer (j'entends l'objet) s'il le faut !

— O camarades, répondit seulement Ulysse, chantez au Cyclope ce que c'est que l'amour !

Il dit et les matelots clamèrent l'hymme de Pénélope :

Aimer, c'est chaque nuit couper des fils de laine,
Les retendre le jour.
C'est vouloir, c'est ne pas vouloir, c'est être
C'est maudire l'amour ! [reine,

Et Périmède balançait son corps au-dessus d'eux, pour marquer la cadence.

Le Cyclope les interrompit, effaré.

— Holà ! dit-il ! quel est ce langage bizarre, élastique et trompeur, qui me donne l'impression de rouler sur la crête des vagues, puis d'enfoncer, et qui me chavire !

— Ce sont des vers, répartit Ulysse, et les femmes cèdent à qui les leur offre. Remets-toi, te voilà tout pâle !

Le Cyclope s'épongea :

— Il faut être habile comme ce vieux pilote, dit-il en désignant Périmède, pour se tenir droit sur une pareille houle. N'avez-vous donc point un mode d'aveu moins incommode pour l'amant ?

— Nous avons les versets, répartit Ulysse. Certes l'attaque régulière de la rime, et l'absence de toute relation entre le rythme et la pensée, qualités maîtresses des vers, les rendent plus redoutables pour le physique des hommes, mais les versets épousent les mouvements même de la passion. L'âme elle-même est leur doublure, non le bois blanc des versificateurs, — et entre les césures, on l'aperçoit elle-même, étincelante. Camarades, récitez au Cyclope les versets d'Ulysse Partant !

Ils déclamèrent et Périmède levait la main aux césures et aux rejets, la gardait une minute haute, retenant les plis soyeux du verset, comme le dieu voyeur qui soulève les tentures de la chambre nuptiale :

Ah ! vois mon écuyer tirer par la boucle du timon le double attelage et l'accrocher

Au train bombé du char : Vois Mars avec effort ceindre une de ses ceintures. Ah ! l'un remuant et harcelant l'autre, vois les deux étendards à ma fenêtre dans le vent du matin, se parler et se mordiller comme mes deux chevaux !

Ah ! comme le roi qui essaye sur ses courtisans une vertu nouvelle, o jour nouveau, laisse-moi t'essayer sur moi ! O Aurore, o pudeur, colore d'Ulysse tout ce que l'acier et l'or ne rend point invulnérable et glisse un fil rose entre les jointures de mes cnémides.

Et laisse-moi brouiller comme un jeu qui ne servira plus l'Hellade et ses petites cases : O Ithaque chef-lieu Athènes ! O Lesbos, chef-lieu Sidon !

— Décidément, dit le Cyclope, j'aime mieux le vers, malgré le mal qu'il me fait ! Auquel des deux, dis-moi, les femmes cèdent-elles le plus vite ?

— C'est selon, répartit le divin Ulysse (qui n'était point divin, comme on le sait, en ce que toujours il succombait au désir de placer une de ses épigrammes)... Le vers, je te l'ai expliqué, agit sur les muscles et les force à sourire. Tu as vu sourire une femme, Cyclope ?

— J'ai vu les cheveux frisés que Galatée coupe droits sur son front soulevés tout d'un coup par la brise. Son visage restait sévère, mais ainsi sourit par sa frange la mer cruelle.

— Le verset, poursuivit Ulysse, gonflant leur cœur, les fait pleurer. As-tu vu pleurer des femmes, Cyclope ?

— J'ai vu l'averse sur le visage de Galatée. Elle souriait. Mais de grosses gouttes coulaient sur ses joues.

— Mais l'épigramme, acheva Ulysse, les jette pantelantes à tes pieds. Camarades, chantez au Cyclope l'épigramme que fit Pâris pour Hélène, fille de Léda.

Il dit et les matelots chantèrent :

On dit, femme d'Agamemnon,
Qu'en amour, faux est ton renom
Et que, fasse qu'on ne le croie,
Tu ne sais aller jusqu'à Troie...

— Et que répondit Hélène ? demanda le Cyclope exultant...

— Camarades, ordonna Ulysse, dites au Cyclope ce que répondit Hélène. Il est discret ; nul ne le saura. Je sais que d'abord elle rougit...

— J'ai vu rougir des femmes ! hurla le Cyclope. J'ai vu Galatée endormie et le soleil levant sur ses joues... La seule qui rougisse en dormant !

Mais le chœur lui coupa la parole :

— Et toute pantelante, acheva le chœur, qui reprenait par flatterie les adjectifs de son roi, elle dit :

> C'est un péché, je le confesse,
> Mais Pâris vaut bien une messe !

— Vous me ferez une épigramme, cria le Cyclope délirant ! Mais vous n'êtes pas tous indispensables pour l'achever. Voilà que j'ai faim. Ne puis-je rôtir deux ou trois d'entre vous ?

— O Cyclope, répartit Ulysse, enlève à l'orgue un de ses tuyaux, et il joue faux. Tue l'un de nous, et l'épigramme rate !..

C'est ainsi qu'avec des sobriquets, Ulysse avait bâti de ses matelots un corps invulnérable, et autour du nom insaisissable de Personne, ils goûtaient un calme enviable, le suivant dans chacun de ses gestes, comme les brebis qui se groupent pour habiter et suivre l'ombre d'un nuage.

— Attention. dit Ulysse, ayons l'œil, et le bon !

Au-dessus de l'œil du Cyclope, fermé comme une trappe sur les caves du sommeil, six matelots balançaient en mesure un tronc d'olivier dont la pointe était rougie. C'étaient les six que désignait Ulysse pour ficher dans un rivage le pieu qui retient le vaisseau dans la tempête ; de la même force ils allaient planter celui-là, et amarrer leur vie au fond de l'ombre éternelle. Les brebis, prévoyant quelque malheur, émettaient plaintivement — laissant la première aux hommes qui s'indignent, la dernière aux serpents qui se froissent — la seconde lettre de l'alphabet.

— Une ! deux ! trois ! commanda Ulysse.

C'en était fait ! Ainsi, si la terre était ronde, déborderait-elle et éclaterait-elle, un dieu d'acier enfonçant en elle son index rougi. La nuit en monta et s'enflammait comme les gaz noirs. Chacun des sourcils et des cils crépita comme les tiges d'hyacinthes fanés qu'on jette au feu. Le Cyclope sauta sur ses pieds, et, avec des hurlements épouvantables, appela les autres Cyclopes...

— Il s'est réveillé! se dit l'astucieux Ulysse.

Deux heures durant, le géant tourna en rond, et les brebis effrayées galopaient devant lui. Boucle complète, et telle qu'il s'en forme dans le sein des métaux infernaux. Enfin, comme il piétinait les agneaux épuisés, il eut pitié d'eux, il s'accroupit au centre de la grotte, lançant parfois au hasard, pour saisir les Grecs, ses mains à droite et à gauche. Mais il ne pouvait attraper que des crabes, que les compagnons d'Ulysse avaient pêchés sur le rivage et s'amusaient à lui tendre au bout des coudriers flexibles. Bientôt tous les autres Cyclopes s'assemblèrent devant l'antre :

— Eh, Cyclope ! criaient-ils. Tu cries comme une vraie pucelle ! Dis-nous qui t'a pincé ?

— C'est Personne ! répondit le Cyclope. C'est Personne !

— Qui est-ce, ton Personne ? demandèrent les Cyclopes, car ils voyaient, à l'absence de la négation, que Personne était un nom propre et point un pronom.

— Personne ? répondit le Cyclope. C'est le fils de de Personne, le petit-fils de de de Personne...

Les Cyclopes se mirent à rire :

— Voilà que tu bégayes ! Cyclope !

— Et le bandit n'était pas seul, continua Polyphème. Il y avait...

Et il nomma vingt-quatre parties de son corps, croyant nommer les vingt-quatre compagnons d'Ulysse. Les Cyclopes étaient en joie :

— Et ton nombril, Cyclope ? crièrent-ils. N'a-t-il rien fait dans cette histoire ?

Et, pouffant de leur plaisanterie, ils

regagnèrent leurs clos en lutinant leurs compagnes.

Soudain, le Cyclope se frappa le front, — sur le côté, comme font les Cyclopes quand ils ont une idée.

— O mon père, gémit-il, ô Neptune ! Guéris-moi de l'épigramme que m'ont faite les maudits Grecs ! Déjà, ils voulaient m'apprendre des vers et me donner sur la terre, les impies, ces alertes de cœur qu'on ne doit éprouver que sur tes flots ! Guéris-moi, car est-il plus difficile pour un dieu de tirer son fils de l'ombre que du néant ? Vois-moi, ô mon père, et je verrai !

Il dit, et Neptune, d'un souffle, chassa la pesante boule d'ombre que supportait le dos écrasé de son fils. Puis, du flanc encore ensoleillé des sapins, comme le forestier recueille la résine ambrée, du rebord occidental de chaque tige d'épi, du creux de chaque feuille, du verso rouge de chaque vague, il fit couler la tardive clarté dans ses deux mains. Puis, comme un guerrier qui s'élance casse les baguettes d'un buisson, il cassa les derniers rayons du soleil. Puis il tira la surface de la mer, et les regards inclinés de tous les marins du monde coulèrent vers lui. Alors, il lança sans mesure toute cette lumière par le phare puissant. Puis, comme l'intendante qui règle la lampe, il en fit un regard moyen de Cyclope, mais désormais doré, puisqu'il était fait du jour finissant. Le Cyclope poussa un cri de joie. Il voyait! Épuisé, il en profita aussitôt pour dormir, et déjà les cils et les sourcils repoussaient comme le tendre blé. Les Grecs les regardaient avec terreur monter, noire moisson...

Déjà, les six matelots, les plus forts et

les plus lents à comprendre, balançaient à nouveau au-dessus du géant le pieu rougi, quand Ulysse :

— Pensez-vous donc, dit-il, réussir à six ce que ne purent à cinquante les filles de Danaos, et verser la nuit dans ce tonneau sans fond ?

— O roi d'Ithaque, répliqua Euryloque, nous voilà donc perdus ?

— Mes amis, reprit Ulysse, qu'y a-t-il d'invulnérable dans un héros, fils d'un dieu ?

— Son corps est invulnérable, ô Ulysse, car Zeus d'un mot peut le guérir.

— C'est donc à l'esprit du Cyclope qu'il faut s'en prendre, répartit Ulysse. Ne nous attaquons plus à son œil, mais à sa vue. Quand Elpénor parvient à s'extraire de l'entrepont où il fume l'herbe des Lotophages, il a encore ses yeux, et des yeux plus larges que de coutume, mais il prétend que ses pieds restent collés à terre, et que ses jambes s'allongent sans fin...

— O Ulysse, interrompit l'équipage enthousiasmé ! Tu as raison ! Prenons la drogue d'Elpénor et la donnons à fumer au Cyclope. Prenons-la en cachette, car voilà Elpénor furieux, et qui menace, si on le vole, de révéler au Cyclope ton vrai nom.

— Qu'Elpénor se rassure, dit Ulysse. Mon projet est plus simple.

— O Ulysse, répliqua l'équipage. Ton projet est de retourner les tableaux, d'accrocher les tables au plafond, comme nous le fîmes un jour pour le berner dans la tente d'Ajax; ceux d'entre nous qui parlaient restaient immobiles, et d'autres faisaient les gestes ; d'assiettes vides nous dégustions un succulent potage : Ajax en devint fou.

— Mon projet est plus simple encore. Écoutez! dit Ulysse.

Le lendemain, le Cyclope fut tiré de ses rêves par des attouchements à son visage et à ses épaules nues, et il sourit, car souvent l'Aurore jouait à le caresser de ses doigts. Il entr'ouvrit son œil, et soudain ne put l'en croire, car c'étaient les pieds nus des compagnons d'Ulysse qui foulaient sans respect son corps, y laissant une minute leurs empreintes. La caverne, d'ailleurs, était au pillage. Les Grecs buvaient vin et lait à même l'outre et à même le pis. De vieux fourriers barbus chevauchaient les béliers, et engageaient des courses comptant au sablier le tour de grotte le plus rapide; et, comme le Cyclope poussait un premier rugissement, puis un second, aucun ne daigna l'entendre. Le géant en fut stupéfait:

— O toi, cria-t-il, chef de cette bande! D'où vient que tu m'insultes en mon propre logis?

— O Cyclope! répartit Ulysse, que mal à propos tu t'éveilles! Notre vœu le plus ardent serait d'avoir à te respecter et à te craindre. Un motif puissant nous l'interdit, et nous ordonne de faire de toi un jouet. Toi-même, l'imbécile, l'approuveras !

— Moi-même, hurla le Cyclope, moi-même l'imbécile, et quel motif?

— Qui nous dit que tu existes, Cyclope? Nous sommes sûrs de notre propre vie, non de la tienne! Crois-tu donc que je me hasarderais à te nommer imbécile, ou même niais, si le monde n'était pas qu'apparence!

— Qu'apparence? et qu'est-ce qu'une apparence?

— Camarades, dit Ulysse, chantez au Cyclope ce qu'est l'apparence.

Il dit, et eux chantèrent l'hymne dorien :

L'Apparence n'a qu'une mèche
Qu'une mèche de cheveux...

Et ils confondaient avec l'Occasion. Mais Ulysse se garda de les reprendre. Alors il expliqua au géant le jeu des illusions, et que la matière est esprit, l'esprit néant. Et il lui fit rouler de l'index et du médium croisés une boulette de pain, et le Cyclope était atterré de sentir qu'il en roulait deux. Cependant, il ne se laissait pas convaincre :

— Étranger, dit-il, tu parles bien, et passe pour la matière. Mais si chacun n'est assuré que de sa propre vie, je le suis donc de la mienne, et j'ai le droit de saigner et de rôtir vingt-quatre chétives apparences ?

— Libre à toi, dit froidement Ulysse, de rogner ton propre royaume. Les apparences auxquelles tu commandes ne sont pas déjà si brillantes ni si nombreuses ! Par un coup de génie, tu as pu te créer des images de Grecs. Libre à toi de remplacer chacune par un souvenir vide. Tu es avare et ne voudras point avaler tes trésors. D'ailleurs comment nous prendrais-tu ?

— Je courrai après vous, je vous attraperai, dit le Cyclope.

— Laisse-nous rire, Cyclope, repartit le menaçant Ulysse. Ne sais-tu donc pas ce que c'est que l'espace ? Camarades, chantez au Cyclope le chant de l'espace indivisible, ou plutôt pourquoi Achille, nous faisions l'expérience souvent sur la plage de Troie, ne peut rattraper une tortue ; ou peut-être, masse éléphante, te crois-tu plus rapide que le fils de Pélée?

C'est ainsi que débuta pour le Cyclope une semaine de tortures. Il s'obstinait à ne pas relâcher les Grecs, mais chaque jour, par la bouche d'Ulysse, lui enlevait une de ces lourdes idées qui maintiennent rigides les plis des âmes naïves. Ainsi la robe à volants qu'on prive de ses boules de plomb se soulève au moindre vent et trahit des femmes les lisses genoux. Aujourd'hui Ulysse détruisait le temps : et le Cyclope s'allongeait sur la grève, sans passé et sans avenir, comme un sablier crevé, et tout le sable de la mer semblait sorti de sa poitrine débraillée. Le soir, c'était le tour de l'espace, auquel les philosophes se plaisent à ajouter, comme une rallonge par invité, une dimension pour chacun de leurs lecteurs : et le géant se croyant tenu de marcher par pas indivisibles lançait comme un ataxique le pied loin en avant, et renonçait à suivre la plus faible brebis. Ou bien le roi d'Ithaque lui apprenait à ne plus croire aux couleurs : et, semblable au chagrin même, sa crédulité teignait de noir, car Ulysse n'avait pas dit que le noir est une couleur, tout ce qu'il aimait le plus, ses brebis blanches, ses béliers roux. Il croyait maintenant aux rêves, et sa vie fuyait par la nuit comme par une citerne mal cimentée. Puis Ulysse lui apprit les faux syllogismes, l'Univers construit sur des nombres, et il voyait chaque chose rouler sur de petits chiffres comme sur des dos de fourmis. Déjà il bégayait, se heurtait par chaque mouvement aux parois de la grotte, et, comme un enfant, n'avait plus qu'un souci, nourrir ses images. Lui-même maigrissait, mais il gavait les Grecs de beurre et de fromages, et ses brebis, traites à chaque instant, maigrissaient elles aussi, car elles étaient sa chair, brebis aimées ! et point d'ingrates apparentes.

— O Félicité, criaient les compagnons d'Ulysse. Aucun de nos maîtres ne fut jamais si généreux ! Vous rappelez-vous le mois que nous fûmes les images des Ciconiens, et nous n'avions que du pain et de l'eau ? Ou la semaine où nous étions les images des filles de Mélados, et elles nous voulaient tous les matins rasés de frais !

Le Cyclope enfin n'y tint plus...

— O Étranger, supplia-t-il, délivre-moi !

— Délivre-nous, Cyclope, répondit Ulysse, et tu es libre.

— Jamais, cria Polyphème ! Ou bien vous restez mes images, je vous soigne et vous garde. Ou vous ne l'êtes plus et je vous dévore.

— A ton aise, dit Ulysse. Camarades, chantez au Cyclope l'hymne appelé :

Aspect lamentable de la vie du Cyclope.

Ils se levèrent et chantèrent l'hymne effarant :

Ainsi que l'oiseau égaré dans un nuage, je ne sais plus où est le ciel, où est la terre, où sont les flots. Du cœur de Galatée, me séparent le vide, l'infini et le néant. Des yeux de Galatée me séparent l'éther, les prismes trompeurs, l'espace que rien ne comble. De la pensée de Galatée me séparent l'éternité, l'inconnu, et le brouillard principe. Les trois mains du temps le présent, le passé et l'avenir, jouent à la main chaude avec la main de Galatée. Des lèvres de Gala...

— Arrêtez! Arrêtez! cria le Cyclope. Je jure de ne pas vous tuer, mais au moins donnez-moi un remède!

Ulysse fixa de ses yeux l'œil du Cyclope et parla en louchant :

— Le remède, Cyclope, est que nous reprenions l'aventure au point où nous l'avons laissée.

— Que je vous tue alors?

— Tu ne nous eusses point tués, répartit Ulysse, car ma ruse veillait. Cependant qu'aveuglé par la drogue d'Elpénor, ou par le pieu, tu ruminais ta vengeance, tes brebis affamées se fussent mises à bêler. Ta main eût alors écarté le rocher qui ferme la grotte, tu les aurais libérées une à une, caressant leur dos, et mes compagnons pendus à leur ventre eussent passé sans encombre. Moi-même je sortais cramponné à la laine de ton plus beau bélier, tu l'arrêtais, et lui disais : (écoute bien, car il te faudra répéter !) O Bélier, ô mon ami, toi qui chaque matin t'élançais le premier vers les pâturages, as-tu deviné mon malheur, tu sors le dernier aujourd'hui !

— Sauvez-vous donc, dit le Cyclope. Adieu!

— Nous ne nous sauverons pas ! s'écria l'équipage. Les lâches seuls osent fuir, triste courage! Nous voulons reprendre nos corps dans les recoins de la grotte où nous les avons laissés le soir où tu fis de nous tes images ! Veuillent les dieux, ô camarades, que nos dépouilles soient encore en bon état!

Ils dirent, se tapirent dans les angles de l'antre, de façon à emplir leurs poches de fromages et de fruits, une fois chargés s'accrochèrent aux brebis, et disparurent dans la lumière... Ainsi les rêves... Le Cyclope maintenant tâtait le dos de son grand bélier, non sans essayer de caresser de l'autre main, dernier adieu, le visage d'Ulysse. Mais le héros détournait la tête avec dégoût.

— Poursuis-nous! ordonna Ulysse, quand il fut à distance raisonnable.

Le Cyclope les poursuivit, sans se hâter, car, éblouis par le jour, c'est eux qui étaient aveuglés, et ils titubaient à chaque pierre. Parfois ils se retournaient et insultaient le Cyclope, pour donner du vraisemblable à la poursuite.

Enfin tous parvinrent au détour du promontoire où ils avaient dissimulé leur vaisseau. Sur la mer dorée il flottait avec ses voiles rouges. C'était la première image de vaisseau qu'eût créée le Cyclope, et il la balançait sur les eaux avec surprise, et il tâchait de la séparer de son reflet, aussi coloré qu'elle-même. Le temps pour lui de créer l'image des avirons, du mât de perroquet et du mât d'artimon, et le vent déjà gonflait les voiles.

— O chères hommes! cria le Cyclope.

Dans un moment de délire, je vous ai conçues, et aujourd'hui ma sagesse vous chasse! Mais ne vous regretterai-je pas? Je pleure, et jamais je ne vous ai vues aussi brillantes!

Car il leur parlait au féminin, depuis qu'il les croyait ses images.

— Lance-nous des quartiers de roche, cria Ulysse. Le remous détachera du bord notre vaisseau.

— Voilà, ô la plus belle et la plus rusée! cria le Cyclope.

— Prie ton père de nous accorder bon voyage!

— Je le prie, ô la plus barbue!

Déjà les Grecs étaient hors d'atteinte. Alors Ulysse, six hommes disposant leurs mains en porte-voix devant sa bouche :

— O Cyclope, cria-t-il, masse imbécile! ta stupidité est comme ta laideur, sans limites! Crois-tu donc que les images d'un rustre puissent être des Grecs, et qu'un cerveau de Cyclope puisse sans éclater inventer l'idée d'Ulysse? Car ce n'est pas moins qu'Ulysse et ses compagnons que tu viens stupidement de libérer, et n'attends plus de douceurs de ton métier pastoral, car là où ils sont passés le tendre gazon ne repousse plus sur les âmes!

Alors ses matelots crièrent leurs noms véritables, soufflant dans l'air le corps grotesque de leurs sobriquets, et c'était Euryloque et Périmède, c'était Orkeus et Pisélonte, et tous les membres du corps vivant de l'Odyssée. Et chacun injuriait le Cyclope...

— On devrait toujours garder ses images près de soi, comme ses troupeaux, pensait le géant. Dès qu'elles s'éloignent, elles deviennent sauvages et nous insultent!

Quand la mer n'eut plus de reflet, la terre plus d'échos, il remonta tristement à sa grotte. La tête lui tournait encore, de cette semaine folle, mais soudain un agneau boiteux se mit à courir devant lui. Émeu il voulut le rattraper, un long moment n'y parvint point, car il luttait contre son pas indivisible et dépassait chaque fois le but. Enfin l'agneau fut pris, et le Cyclope soupira, car il lui semblait, victime encore du sortilège, qu'il avait pris l'agneau dans son cœur et non dans ses bras. Il le regarda de près, approcha sa tête de ses lèvres, mais soudain, comme ses yeux aussi l'effleuraient, il le vit blanc. Il vit vertes ses prunelles, noirs ses sabots. Il bondit de joie, d'avoir retrouvé les couleurs. Il bondit : O bonheur ! Sa tête ne butait plus contre le ciel, qui était tout bleu, il ne souffrait plus de son ombre, qui était violette. Alors il se hâta de traire ses brebis, et des larmes d'espoir coulèrent de ses yeux. Elles tombaient dans le seau où aussitôt le lait caillait, et il fit ce jour-là le plus délicieux de ses fromages.

LES SIRÈNES

Le navire allait à la dérive, car les rameurs avaient roulé sous leur banc, ivres, mais de fatigue. C'est que le banquet de Troie avait duré vingt ans. Ils se lamentaient, le moins bruyamment possible, mâchant de menus cordages pour tromper leur faim, leur soif, et ils étaient résolus de leur vie à ne plus bouger. Alors l'astucieux Ulysse fit sonner par Perimède la trompette des repas, et tous s'élancèrent, à l'exception toutefois d'Elpénor, qui avait pris des Lotophages la coutume de fumer, affalé dans l'entrepont...

— Quel merveilleux repas pour nous s'apprête ! criaient les matelots. O Ulysse, toi qui tiens les promesses mêmes de ton silence, que ne vaudra pas la promesse de ta trompette ! Voilà déjà que nous n'avons plus soif, ô fils de Laerte, une eau délectable nous montant à la bouche !

Ils dirent et tapaient de leurs cuillers contre leurs boucliers, toutes assiettes moindres ayant disparu au cours du siège.

— Hélas, dit Ulysse, c'est bien un repas que la trompette a sonné, mais pas le vôtre. C'est le repas des monstres devant lesquels nous fera défiler aujourd'hui le tapis roulant de la mer. Dans une heure nous passons à portée de voix des sirènes ; dans une heure et demie au large de l'ignoble chienne, la divine Scylla ; dans deux heures, s'il en reste, devant l'infect Charybde, semblable aux dieux !

L'enthousiasme de l'équipage ne connut plus de bornes :

— O Roi d'Ithaque, cria-t-il, nous l'avions dit! Tu surpasses tes promesses mêmes.

Mais Ulysse refusa leur louange :

— O mes chers compagnons, gémit-il, six d'entre vous, mes six favoris, les six plus courageux, vont être dans l'instant dévorés par les sirènes...

Mais ils reçurent sans trembler la fatale nouvelle :

— Hélas! crièrent-ils d'une voix, pourquoi ne sommes-nous pas ces six favoris ? Il est doux de périr pour sauver ses frères ! Mais, ô divin Ulysse, tu ne nous honores point de ta préférence, à juste titre, et toi qui découvris Achille sous des robes, tu as su, sous nos armures, découvrir des âmes femelles. Hélas ! Pourquoi sommes-nous lâches ? Ayons du moins le courage de notre lâcheté. Nous nous contenterons donc d'écouter le chant des sirènes, la musique, dit-on, trompe la faim !

— Gardez-vous-en bien ! répartit le fils de Laerte. Seul, attaché au mât, je jouirai de leur déplorable appel. Vous autres ramerez, les oreilles bouchées par des tampons de cire. Si toutefois vous trouvez de la cire !

— O Ulysse, s'écrièrent les matelots, il suffit de suivre jusqu'à leur ruche les innombrables abeilles qui sans répit paissent tes lèvres !

Ils dirent et se précipitèrent à la cambuse, où, dans des boîtes de biscuits, ils conservaient les blocs de cire dont on comble les trous que les vers de mer percent dans la coque. Déjà ils revenaient, et voyaient Ulysse chercher vainement les cordes qui devaient le lier au grand mât, n'en point trouver, s'en irriter :

— O Ulysse, crièrent-ils, ils n'est qu'une corde solide, celle que ta parole passe au col de tes auditeurs, et pour jamais ils sont tes prisonniers!

Et cependant ils s'empressaient de réunir par des nœuds les morceaux épars de cordages, leur seul repas.

Il était temps. Déjà s'élevait la côte trinacrienne, palpitante et comme si elle naissait. A peine regagnaient-ils leurs bancs que les six têtes de Scylla, effroyables doigts d'une main trop complète, hapèrent six matelots. Ulysse de son mât les vit voler au-dessus de sa tête, et ils le saluaient!

— Il est beau, criaient-ils, de mourir victimes des sirènes!

Le roi d'Ithaque se gardait de les détromper, et, les voulant heureux, il feignait de sourire à leur fin honorable. C'est ainsi, dans les villes, que les jeunes gens égarés par une fille sans vergogne croient jusqu'à leur dernière vieillesse avoir été victimes de l'amour lui-même, et honte à qui les tire de l'erreur ! Mais déjà Charybde inondait le carré, la trirème entière, de bile, de sang et de bave.

Enfin les sirènes apparurent. Chacune était debout sur un promontoire, et, toute nue, agitant maussadement son péplum, semblait une naufragée protestante et pudibonde qui dût se dévêtir pour appeler le sauveteur. La première était blonde, la seconde brune, la troisième rousse : c'étaient les couleurs que le fils de Laerte préférait chez les femmes et déjà il tendait vers elles ses bras vénérables. Alors s'élevèrent leurs voix. Mais ce jour-là, mélancoliques, et comme parfois les poétesses quand les poètes les ont déçues, elles ne se sentaient point de haine pour les navigateurs, les explorateurs, les ingénieurs, et résolurent au contraire de révéler à ces timonniers leurs secrets divins.

— Cher Ulysse, chanta la première, si poussant ton bateau au delà des colonnes d'Hercule, tu vogues trente jours et trente nuits, après qu'il aura côtoyé une île longue, mais juste assez large pour que les femmes aux yeux de feu tendent en travers leurs hamacs, tu aborderas un nouveau continent, où des sauvages rouges coiffés de plumes tricolores s'asseyent sur des crocodiles (là-bas appelle-les caïmans), et un soir, voyant la voile d'un navire avant sa coque, l'idée te viendra que la terre est ronde !

Mais Ulysse ne pouvait entendre, car les matelots, pour alléger la rame, avaient entonné l'éloge du Katablépas qui se nourrit, quand il a faim, de ses propres pieds. Puis, doublé le promontoire, chaque bord enleva, de l'oreille qui donnait sur Ulysse, le petit tampon de cire.

— O maître, criaient-ils, que t'a dit la sirène ? Tu te convulsais de désir, le mât se courbait comme un jonc...

— Un chant divin ! répliqua Ulysse, car il ne voulait point les décevoir. O mes amis, écoutez ce couplet enchanteur :

Ulysse, empereur des lumières,
Lampe des yeux, duc des clairières,
Si brillant, si bel et poli,
Prends-moi Sirène dans ton lit !

Mais rebouchez vos oreilles, camarades, hâtez-vous, voici le second promontoire !

— Cher Ulysse, chanta la seconde sirène. Etends-toi un jour sous un pommier et regarde tomber les pommes. Peut-être un éclair traversera-t-il alors ton cerveau. Ou encore amuse-toi, pour voir, à mélanger du charbon de bois pilé avec du salpêtre vulgaire. Dans un tube de bronze foré aux deux bouts (rayes-en l'âme si ton ennemi est plus loin), verse ta mixture, un boulet de pierre et enflamme le tout, par aide d'une mèche allumée.

Mais le chœur des matelots couvrait sa voix :

— Il est stupide pour un affamé, criaient-ils, de parler toujours de repas! Tirons de notre pensée, comme on le fait du bœuf assommé, les larges poumons, les foies succulents et la nombreuse fraise! Plus d'allusions dans nos chants aux figues, qui éclatent sur Bacchus comme de divins parasites gorgés de pourpre, aux raisins noirs qui pendent aux treilles comme des grappes de moules ! Pas un mot d'ailleurs des poissons ! Pour le vin et pour le miel, pour la crème et pour le caillé, affirmons, ô mes camarades, que jamais nous n'en avons vu... Mais le cap est doublé, ô Ulysse, que t'a dit la seconde sirène ? Tes yeux nageaient dans les larmes, de tes ongles tu ensanglantais ta poitrine... Aurait-elle insulté ta gloire ?

— Elle n'insulta que mon âme modeste, répartit Ulysse. Aussi bien elle le fit avec malice : c'est la blonde. Ecoutez, écoutez comme elle manie la louange indirecte :

Moi je déteste l'adorable,
Le divin me déplaît,
O qui es-tu, toi que j'adore,
Mortel et laid !

— O Ulysse, clama l'équipage, comment as-tu pu résister à ce madrigal ! O laisse-nous, laisse-nous, faire un double nœud à tes cordages!

Ils dirent et assourdirent à nouveau leurs oreilles, car déjà, étincelante, la troisième sirène tournait sur son cap comme le jet d'un phare.

— O Ulysse, chantait-elle. Veux-tu que tes exploits ne périssent jamais ? Conviens alors de signes qui seront l'image des mots ou des fragments de ces mots mêmes. Grave-les, à l'envers il va sans dire, dans une table de bois ou de cuivre, enduis le tout d'une huile noire, et presse-le contre un tissu. Si tu veux te venger d'Achille, ne traduis point son nom dans le métal, et il n'y aura pas d'Iliade!

Mais les matelots clamaient à perdre haleine :

— Saturne se nourrissait de bornes emmaillotées, mais il n'est même pas de bornes sur la route changeante des flots !.. O Ulysse, un de tes yeux sortait, et tu rappelais en vain sur ton corps le voile qu'en écartait le vent. Cette rousse aurait-elle insulté ta pudeur ?

— O mes compagnons, soupira le roi d'Ithaque, soudain las d'improviser, quelles délices !

— Heureuses sirènes, cria le chœur délirant, heureuses sirènes qui ont Ulysse pour écho. O Ulysse, qu'a dit cette enchanteresse ?

— Ce qu'elle a dit ? répéta Ulysse, cette fois court d'inspiration... Elle a dit... elle a dit... préférant aux rimes l'assonance ; elle a dit simplement :

Ulysse
Charybde
Sirène
Trirème

— Quel hymne merveilleux ! cria l'équipage déçu.

Mais Ulysse auquel revenait, à défaut d'un poème inédit, la mémoire et les fragments des odelettes apprises de son maître, crut utile pour son prestige de laisser ses sujets sous une plus brillante impression.

— Certes vous avez raison, ô matelots, reprit-il, et ces quatre vers semblent médiocres, répétés par l'humaine voix. Mais, aussi, en les entendant, ce n'est pas eux qu'on entendait. Les quatre mots de la sirène rousse, parvenus à votre oreille, devenaient soudain un chant étrange, et qui rongeait le cœur, et chacun ouvrait la serrure d'une époque inconnue. Portés loin de la Grèce et de nos temps illustres, on se voyait, dans trois mille ans, sur la terre tapissée des Gaules, dans une bourgade sans préfet, et un insondable goût pour les pêches à l'écrevisse, la chasse aux œufs de Pâques par des vertes prairies donnait à l'âme un mouvement mortel ! Voici ce petit morceau, et pour le louer, tant il semble irréel, lumineux, obtenu par des reflets et des rayons, on ne peut guère employer que les mots d'optique...

Je vois de Bellac
l'abbatiale triste,
le Mail, et ce lac
(Qui n'existe !)

Et je vois encor
L'automne en personne
Sonner dans un cor
Qui ne sonne ;

La foire d'été ;
et tante Solange
haïr l'invité
Qui ne mange ;

Ma jeunesse avec,
Qui, — Dieu sait sans charme ! —
Tire d'un cœur sec
Cette larme!

— Quel reflet ! Quel prisme. Quel foyer ! criaient les matelots, qui avaient compris la ruse d'Ulysse, et, sachant qu'il aimait surtout placer ses épigrammes, qui décidaient de le flatter... Mais, ô roi d'Ithaque, comme le reflet d'un miroir dans des miroirs, est-ce que ce second chant, à peine posé sur l'âme, par elle violemment rejeté, ne devenait pas un éclat de rire de la sirène et ne croyait-on pas entendre des vers badins et moqueurs ?

— Justement, ô Grecs astucieux, reprit Ulysse, qui donna dans le piège, on croyait entendre une épigramme ! La sirène prenait à partie cette lourde danseuse que j'eus jadis l'occasion de voir au Théâtre de Colonne, et sous laquelle la scène craquait : c'est là la vieille haine des chanteuses et du ballet. D'où vient, disait-elle :

D'où vient que la danseuse Eva
Jamais à Colonne ne va
Et ne danse sur cette scène ?
C'est que l'acoustique la gène !

Mais déjà l'équipage somnolait, à ce point épuisé qu'il ne songeait à dénouer les cordages d'Ulysse, pourtant son seul repas, ni à arracher les tampons de cire. Ce navire qui voguait n'avait plus d'oreilles pour les flots, et seul Ulysse entendait, tout à loisir cette fois, la voix terrible de l'Océan, quatrième sirène. Heureux d'être attaché, comme s'il se sentait coupable, il méprisait soudain les poètes, qui se vantent d'ouïr les Muses et n'ont dans les oreilles que la clameur des hommes.

— Du moins, disait-il, je les ai vues...

Toute terre avait disparu ; le soleil couchant illuminait tout le flanc tribord du navire, le flanc droit des matelots, celui-là qui avait frôlé les sirènes, et il restait d'elles ce rougeoiment, comme sur le bras candide qui frôla les orties. La poupe n'était plus qu'immondice, la proue n'était que sang. Les voiles traînaient, souillées de limon et d'écume... C'est alors qu'Elpénor, sa pipe achevée, monta de l'entrepont. La tempête assaillait la nef. Vacillant, il souriait, louait le ciel d'avoir dispensé une journée aussi calme, un soir aussi paisible, et il pensait, laissant errer ses yeux de l'avant au gouvernail :

— Le cher, le beau navire ! Ah ! qu'il

est propre et luisant! Que prendrait de joie à le contempler notre cousine l'intendante, Euryclée, fille d'Ops, issu lui-même de Pisénor!

MORTS D'ELPENOR

BOUILLANT Ulysse, annonça la nymphe Ecclissè, chambrière de Circé, voici le jour, beau comme la nuit. Mais ma maîtresse n'est pas prête. Déjeunez sans l'attendre.

— J'espère qu'elle n'est point souffrante, dit Ulysse, pour parler, et non sans sourire, car il aimait dans Ecclissè le choix toujours désastreux de ses épithètes et de ses métaphores.

— Ravissant Ulysse, répliqua la nymphe indignée, le soleil qui se lève, semblable à la licorne, est-il souffrant ?

— Non certes ! fit Ulysse.

— Le croissant de la lune quand il apparaît, comme un mûrier plein de vers à soie, est-il souffrant ?

— Il va très bien, répondit Ulysse. Mais, Ecclissè, veuille appeler mes fourriers, Euryloque et Périmède. Tu les trouveras à mon vaisseau, et je vois à tes pieds que tu n'en ignores pas la route.

Les pieds roses d'Ecclissè étincelaient en effet, pailletés des micas de la plage, comme dans le périmètre des cités la banlieue potagère semée d'éclats de vitre et de tessons. Ainsi encore la statue que le fondeur délivre, et qu'empêcha de s'unir à la forme de bronze une mixture de son et de gravier. Certes Ecclissè ne risquait plus, aujourd'hui, de se souder à la terre, moule des humains, mais ses beaux pieds se firent de nacre sous les regards d'Ulysse, et il semblait que ce fût pour les éloigner qu'elle sortit. A reculons d'ailleurs, par respect pour le héros, et car elle redoutait que l'œil du maître ne distinguât aussi, en plus de ses grains de beauté, des grains de sable à ses épaules grasses.

— Ce n'est pas sa faute, pensait Ulysse non sans complaisance, si cette enfant aime les hommes (comme elle dirait) semblables aux dieux.

Accoudé sur le lit de table, il paraissait contempler à travers les pins noirs cette mer de Circé qui jamais ne porte de navires, mais il voyait seulement, à travers ses sombres sourcils, Ithaque qui ne nourrit point de chevaux. Puis, par jeu ou par devoir, ainsi que le chanteur tend les cordes de sa lyre après qu'il y laissa jouer pour la politesse la vierge fille de ses hôtes, il reprenait les métaphores d'Ecclissè et les tendait à les rompre :

— Voici le soleil qui se lève, se disait à mi-voix le triste Ulysse ; rond et rouge, comme un œil. Le voilà tout jaune avec un halo blanc, comme un œuf. Voici le croissant de la lune, qui dépasse de moitié la pente empourprée de la colline comme le crochet de la panthère la babine doublée de nacre. Et moi, Ulysse, semblable à Pénélope, chaque nuit je ruine, sur la couche de Circé, les projets que j'ai bâtis le jour. Écoutez-la rire là-haut, cependant que les servantes sèchent son corps et l'étirent, comme un canevas neuf.

Il pensait, et Circé s'attardant, il tendit à la lionne qui rôdait l'assiette de l'enchanteresse, débordante d'ambroisie tiède. Puis il lui offrit le nectar, mais elle recula en grognant, comme le chien auquel un soldat présente un verre. Déjà Ecclissè, appuyée au pilier, frottait l'un à l'autre, sous un jet de soleil, ses beaux pieds vernissés, et ainsi qu'ont coutume de les offrir, à la fontaine, mais sous le jet de l'eau glacée, les filles de Sidon.

— Voici, annonça-t-elle, Euryloque et Périmède, semblable au tigre, semblable au lion !

Ils saluèrent le héros, Euryloque astiqué et roux, semblable à la belette, Périmède affable et tout noir, semblable au castor.

— Divin Ulysse, crièrent-ils, quel conseil pouvons-nous bien te donner, à toi qui es le conseil même ?

— L'homme riche, répartit Ulysse, quelle que soit sa richesse, ne possède que ses propres trésors. L'époux trompé, — que de fois pût défaillir sa vigilante épouse ! — ne possède qu'une honte ! Mais à l'homme sage appartient, en surcroît de la sienne, la sagesse des autres hommes. O vous deux, rendez-moi ce matin les mots et les images que j'ai glissés journellement dans votre oreille et dans votre œil comme en mes deux tirelires !

Il dit, et eux secouaient modestement leur crâne demi-chauve, d'où rien ne retombait, si ce n'est du soleil un reflet plus pâle que ne le renvoie un vieux miroir.

— Vous le savez ! reprit Ulysse. Nous embarquons aujourd'hui, non pour un beau rivage, mais pour les Enfers, où Tirésias m'annoncera qu'une seule île désormais peut nous être funeste, l'île bombée et ronde où les troupeaux de Phœbus paissent, disséminés sur une ligne droite du centre à la côte, d'un pas d'autant moins pressé qu'ils broutent plus loin de la mer et le bœuf du milieu pivote sur place. Nous partons au crépuscule, pour que nos matelots passent sans le remarquer des ténèbres de la nuit à ceux de l'Erèbe. Mais Circé, qui semble approuver notre voyage, a décidé d'irriter contre nous les puissances mêmes qui l'ordonnent. Je tiens d'Ecclissè que sont préparées à l'office vingt-quatre coupes d'une crème, votre dessert de midi, qui vous donnera l'illusion que vous êtes chacun un dieu, plus une vingt-cinquième, à moi destinée, pour que je me prétende Zeus ; et jetant les yeux sur la terre l'Olympe y verra de lui-même une image grimaçante. Passez donc à l'office, prenez les coupes, jetez-les à la mer. Si les dauphins et les rascas en délirent, Neptune est responsable, et il est notre ennemi.

— Divin Ulysse, crièrent les conseils, fou qui veut être un dieu ! Tant que nous vivrons nous crierons : Fou qui veut être immortel !

Déjà ils se précipitaient à l'office, mais le roi d'Ithaque les retint.

— Une minute mes amis. C'est maintenant qu'il faut sortir votre sagesse : que pensez-vous d'Elpénor?

— Qu'en penses-tu toi-même, astucieux Ulysse ? Nous sommes habiles et ne voudrions point t'exprimer un avis qui ne fût exactement le tien.

— La franchise seule me plaît, dit Ulysse, je déteste Elpénor. Parlez-moi sans contrainte.

— Nous le détestons ! répartit le vif Euryloque. La flèche qui meurtrit Philoctète au genou pénétra dans sa gorge même, et que dire de son haleine ! Ses jambes sont cagneuses et il semble rouler entre elles, quand il marche, le globe d'Atlas. Et je ne parlerai point des paillettes qui le matin, comme un verglas, sont tombées de sa tête chauve sur ses épaules nues. Mais toi, Périmède, dont le corps est moins soyeux que l'âme, quel est ton avis?

— Je ne sais, répondit avec lenteur Périmède, ce que tu penses de lui, divin Ulysse, ni ce que pense Euryloque... Pour moi je déteste Elpénor ! Ce n'est pas seulement qu'il soit lâche. Il serait hypocrite d'être courageux pour qui est escroc et menteur. Mais, après dix-huit années, il confond babord et tribord ; et quand je commande aux rameurs : nagez ! chaque fois il se jette à l'eau. Du reste, au disque toujours le dernier, et, en fait de lutte, il ne parvient guère à terrasser que la nonchalante Ecclissè. Quand l'ombre du grand figuier sur la plage a tourné, j'aperçois à midi leurs deux empreintes, mêlées comme des initiales, d'ailleurs si molles ! Mais les femmes sont ainsi faites qu'un mal fait les captive, et la faiblesse seule les vainc !

Ainsi parlait le jaloux Périmède, et il tendait, semblable au castor, un solide barrage aux flots de son aigreur. Mais Ulysse l'interrompit :

— Laissons-là Ecclissè, ô Périmède. Mais, quand je cligne de mon âme comme d'un œil myope pour voir toutes pensées réduites mais plus distinctes, et que je roule, diminuées sur le fond de ma mémoire comme en une émeraude concave, la mer, les naufrages et notre éternelle aventure, il m'apparaît qu'Elpénor y joua le rôle décisif, et non la Destinée. Il est à la source de chacun de nos malheurs. Tous les spectres dressés et maussades des Dieux, entre lesquels pauvres Grecs nous nous faufilons à grand'peine, il les bouscule comme des quilles, et d'une maladresse si complète et si continuelle que je crains d'offenser, en le contrariant, je ne sais quel dieu des fous. Car enfin qui versa dans vos oreilles la cire bouillante et vous fit hurler à ce point que vous couvrîtes pour moi les chants des sirènes ? Qui brisa les armes d'Achille, et prétendit pour se justifier qu'elles étaient de cristal ? Toujours le premier pour les escapades, le dernier à l'embarquement, qui fut, dans cette île même, changé le premier en porc, et ne voulut revenir à son état humain qu'après avoir essayé les formes, qu'il prétendait intermédiaires, du brochet et du chimpanzé ?

— O Ulysse, cria Périmède, c'est Elpénor !

— Ne m'interromps point, Périmède. La réponse est inutile à des exclamations. Mais qui donc, je vous le demande, nous força d'aborder l'île des Ciconiens sous le prétexte de nausées ? — Le mal de mer à un compagnon d'Ulysse ! — Qui nous offrit un rivage qu'il nous dépeignait peuplé de ses parentes, les accortes filles de Mélados, et qui se trouva comble d'affreux Lestrigons? Qui surprîmes-nous, dans la caverne de Cyclope, enfilant une aiguille pour coudre les paupières du géant?

— C'est Elpénor! ne put s'empêcher de crier Périmède, puis il se tut sous le regard menaçant du héros.

— Mais enfin, acheva Ulysse, je suis las! Cette nuit nous serons aux Enfers. Là-bas rien à casser, rien à heurter, mais un génie me dit que la maladresse est plus impie encore dans le royaume des ombres, car aucun bruit ni dommage n'en est la rançon. Il faut qu'Elpénor n'embarque pas, et tous deux...

Mais soudain Ecclissè parut, nue, et qui semblait ainsi hors de soi, et si terrifiée que les métaphores fausses elles-mêmes se refusaient à sa bouche rouge, et qu'Ulysse agacé devait terminer ses phrases.

— O maître ! gémissait-elle. Mes bras, mes bras tombent comme, comme...

— Des fruits, acheva rapidement Ulysse. Qu'y a-t-il ?

— O roi d'Ithaque, je suis perdue, perdue comme, comme...

— Une fille, acheva Ulysse, un trousseau de clefs. Mais encore ?

— Deux des coupes sont dérobées, ô Ulysse ! Deux de tes compagnons vont se croire des Dieux, et insulter leurs collègues vengeurs !

Ulysse pâlit.

— Toi, commanda-t-il, Périmède ! arrête Elpénor et l'enferme. Il est à coup sûr le premier des coupables. Et nous, cher Euryloque, découvrons le second et l'empêchons de nuire.

Car il ne reculait pas devant l'inversion du pronom complément quand les mouvements de son âme étaient rapides.

Mais déjà Euryloque avait assemblé sur deux files ses vingt-quatre matelots et Ulysse l'un après l'autre les contemplait, d'un esprit minutieux, s'essayant à découvrir dans leur regard ou dans leur souffle, comme on reconnaît l'eau bouillante à ses bulles, cette buée qui décèle la présence du dieu. Ou bien il approchait ses yeux d'un point suspect de leur corps, cicatrice ou basane, comme l'expert qui cherche une signature.

— O Zeus, pensait-il cependant, pardonne-moi ! Voilà que je ne puis découvrir le coupable ! Non point que ces hommes me semblent privés de toute estampille divine. Bien au contraire ! Ils sont abrutis par vingt ans de souffrances, de jeûnes, de banquets ; les roulis des mers les plus vides, l'agitation sur les terres les plus rocailleuses les a tassés et durcis comme des sacs de sel, les voilà au niveau le plus bas de la culture et de l'intelligence. Et cependant pas un seul devant lequel je prenne sur moi de dire : Toi, mon ami, tu n'es pas un dieu !

Il se tourna vers son fourrier.

— Eh bien, mon pauvre Euryloque, qu'en penses-tu ?

— Touchons-les, Ulysse. C'est au toucher qu'on ne peut manquer de reconnaître les dieux, sans parler des déesses, car il se peut, selon la coupe bue, que nous ayons dans l'escouade Vénus elle-même.

Déjà il passait la main dans le cou du vieux Krokus, fils d'Orcheus, qui fit un bond subit, quand les échos de voix en querelle retentirent dans le parc, puis les voix elles-mêmes, et Périmède apparut, poussant devant lui Elpénor, un Elpénor étrange, dont la droite était nue, la main brandissant un arc, la gauche drapée de tigre et de panthère, le bras soutenant un thyrse, et son visage aussi était coupé en deux moitiés contraires, l'une claire, l'autre sombre, comme les portraits-enseignes des nettoyeurs de vieux tableaux, l'œil droit cruel, fixe et pur, l'œil gauche chassieux, clignotant...

— Seigneur ! cria Ulysse. Il a bu les deux coupes !

Cependant Elpénor, acclamant de la commissure gauche de ses lèvres la cohorte des camarades, entreprit de danser le péan sur son pied sénestre aux varices pourpres, et dans les airs son pied droit, blanc comme un osselet, se cambrait indigné.

— Je suis Diacchus ! criait-il aux reprises. Je ne suis rien moins que Diacchus !

— O perfide Circé ! se lamentait Ulysse.

Il a bu la coupe de Diane et celle de Bacchus !

Déjà, sans d'ailleurs qu'ils s'en doutent, une ombre recouvrait le côté gauche des matelots, une clarté leur côté droit.

— Saisissez-le ! ordonna le roi d'Ithaque. A moins que l'un de vous ne soit assez sûr de son épée et le pourfende en deux parts égales. Si Vulcain fut coupable d'offrir Vénus et Mars unis par des maillons de fer à la risée des dieux, quel poids divin n'attirera pas sur nos têtes celui qui présente aux hommes, accolés par la peau humaine, greffe infâme, la Pudeur et le dieu du Vin. Saisissez Elpénor, le portez sur le faîte du palais, le faites boire jusqu'à ce qu'il en dorme !

Ils s'empressèrent, le soutenant et l'élevant dans les airs par les deux membres de sa part gauche, car il est pie d'aider

Bacchus, mais nul mortel n'aurait l'audace d'effleurer de son doigt les chers biens, même faux, d'Artemis.

Ils revenaient quand Ecclissè parut. Elle répandait de lourdes larmes qui eussent coulé jusques à ses genoux, puisqu'elle était nue, mais elle les essuyait à hauteur de la ceinture qu'elle avait irritable. Alors, entre mille sanglots, elle balbutia un langage incertain dont on perçut seulement la phrase « semblable à la terre » et les mots « chevaux blancs » ; de quoi l'astucieux Ulysse conclut qu'elle parlait de la mer, et que les béliers noirs destinés au repas des ombres étaient embarqués.

— En route ! commanda-t-il.

— Nagez ! cria joyeusement Euryloque, n'ayant plus à redouter qu'Elpénor à ce mot plongeât de son banc.

Mais comme la trirème virait, les rames du babord levées et rougies par le soleil couchant, les rames de tribord pendant et blanches sous la lune, et que le navire lui aussi semblait gonflé et mû par un double dieu, les airs frémirent d'un cri épouvantable, à la fois humain et divin, mâle et femelle... Périmède à la vue perçante cria des vergues :

— Elpénor s'est tué, O Ulysse ! Nous entendant appareiller il s'est jeté de la terrasse !

Déjà le navire voguait, et Périmède lui-même ne put voir la pâleur et la rougeur d'Elpénor, sa délicatesse et sa force fondre peu à peu, le corps reprendre dans l'ombre de la mort une couleur unie, un contour égal, ainsi que le soir, dans le reflet d'un lac, deux arbres accolés le jour dissemblables — et du mélange de deux essences immortelles il ne resta plus qu'un pauvre cadavre d'homme.

Déjà le pays des Cimmériens, ceinture des Enfers, dont les habitants ont une ombre pour corps et un corps pour ombre, (Ulysse eut mille difficultés pour serrer la vraie main de leur roi), avait été franchi. Déjà sur le rivage que nulle Ecclissè jamais ne marqua des épaules, les béliers et les brebis noires laissaient couler un sang épais. Leurs mâchoires étaient liées par la mort, muselière des offrandes, mais quand Euryloque déplaçait leur dépouille, un soupir sortait de la plaie étroite, désormais leur seule bouche. Derrière Ulysse une mer livide avec des vagues en creux et des gouffres en hauteur, et qui semblait la surface retournée des flots. Devant lui l'horreur et la nuit à ce point confondues qu'il ne savait laquelle des deux régnait, avec les sceptres de l'autre. Là-bas sept chiens aboyaient, et ce n'était qu'un seul chien. La roue de Sisyphe écrasait le gravier, et c'était les bruits sinistres d'un réveil le Lundi à la campagne. Périmède et ses compagnons, reconnaissant les outres au toucher versaient à tâtons le miel et le vin. Comme un Cyclope endormi songe à son œil, ils pensaient au soleil, et frappaient le milieu de leur front sans lumière.

Soudain, dans chacun de leurs os, ils continrent leur vie comme une moelle, car le peuple léger des ombres s'élevait du fond de l'Erèbe. Par milliers elles montaient, portées sur un vent gémissant et flexible. Le moindre rayon parti du bûcher perçait jusqu'à la dernière leur masse vaine. Fantômes, et que modelait seulement, leur seul squelette permis, la forme de leur plus grande vertu ou de leur vice, orgueil, luxure ou folie. Elles se pénétraient, attirées par l'odeur des viandes grillées. Elles se battaient sans force, elles suppliaient sans voix, se heurtaient autour des vingt-quatre visages pâles dont l'immobile lueur les traversait comme les éclats même du feu, puis, apercevant le sang, elles se précipitaient avec des hurlements épouvantables. Ulysse à coups d'épée les écartait. Parfois il en atteignait une, qui aussitôt frissonnait, seule souffrance des ombres. Parfois il apercevait, grises et vides, comme l'œil qui se détourne d'objets brillants en voit sur les murs blancs le souvenir ou l'ombre, les reflets des cousins, des parents qu'il avait le plus longuement contemplés, étincelants de vie et d'amitié, et qu'il croyait encore sur la terre dorée ; et Agamemnon ; et la vénérable Anticlée, sa mère, fille d'Autolycus... Mais Tirésias le premier devait boire à la fosse, et il ne laissait approcher aucun autre...

Une ombre s'acharnait cependant, évitant et trompant le glaive comme au duel. Parfois Ulysse la touchait ; son frisson terminé, elle chargeait à nouveau, sans rancune, objet de mépris pour ses compagnes. Elle rampait, elle planait, elle ne laissait au roi d'Ithaque aucun repos, et soudain, tombant sur lui comme un brouillard, elle recouvrit tout son corps, le pénétra, s'agita par ses bras mêmes, parla par sa bouche :

— O Ulysse, dit-elle ! Ne reconnais-tu pas ton fils ?

Ulysse frissonna... et éprouva le mal des ombres :

— Télémaque bien-aimé, cria-t-il en pleurant, est-ce donc toi ?

— Qui te parle de Télémaque, reprit l'ombre. O Ulysse, je suis Elpénor ! Sans voile et sans aviron j'ai devancé ton navire. Impatient de te suivre je me jetai de la terrasse, mais certes je comptais arriver ici le second, non le premier !

— O Elpénor, demanda Ulysse irrité, O toi qui là-haut assombrissais chaque jour mon visage, et maintenant assombris tout mon corps ! Va-t-en ! Ou que veux-tu ?

— Ce que je veux, Ulysse? Je veux mon dû. Oublies-tu que tu laissas mon corps sans sépulture. Ce que je veux ? Je veux des funérailles solennelles. Jure à Pluton de revenir pour moi à l'île de Circé où je ne te lâche point.

Il disait, et déjà Ulysse apercevait les

ombres pour lesquelles il avait franchi les portes infranchissables,

— Je le jure, dit-il à regret, mais disparais. Va-t-en! Je vois venir l'ombre de Tirésias !

Mais à ce nom l'ombre d'Elpénor, qui se dégageait d'Ulysse irrité comme au cou du vautour en colère le capuchon noir, se rabattit soudain.

— Tirésias! s'écria Elpénor. Tirésias! le seul qui fut à la fois homme et femme et peut juger des mérites des deux sexes! O Ulysse, présente-moi! Le problème de la femme toujours m'inquiéta... Animal charmant, qu'on tient par des colliers sans laisse! Objet heureux, de roses et de lys pétri, et si tu touches son visage il demeure à tes doigts une poudre impalpable, comme si tu avais tenu par les ailes un mourant papillon! O maître, présente-moi à Tirésias ! Que j'apprenne du moins aux Enfers pourquoi Ecclissè, encore que tout le jour nous fussions libres, exigeait pour nos rendez-vous une heure précise, que jamais elle n'observait !

— Va-t-en, commanda Ulysse hors de lui, voici Achille !

— Achille, ô Ulysse ! Celui-là que tu découvris sous des vêtements de femme, et qui parfumait Patrocle de leurs parfums? O Ulysse, présente-moi Achille ! Songe que je suis seul, arrivé ce matin au seuil des Enfers, comme un enfant déposé sous un porche. O mon maître, présente-moi tous ces héros de Troie qui combattaient sur des chars et tant de fois m'ont bousculé, mais enfin les voilà à pied, comme moi, sur le sinistre trottoir ! Presente-moi... — Ah ! pourquoi ai-je oublié tous mes noms propres depuis la guerre?... Oh !

Ulysse, je tiens à toi, comme le manteau qu'à sa rivale offrit Médée... En voilà un... présente-moi Médée ! Et cette grande femme — comment donc étaient ses cheveux? depuis la guerre j'oublie les couleurs ! — qui se précipita dans tes bras et t'embrassait quand nous assaillîmes le château d'Hécube... Présente-moi au besoin Hécube !... Rougis-tu donc d'Elpénor? Je sais que je fus stupide, mal fait, et quel fracas ne sortait point de ma profonde bouche à l'heure des repas — mais ici plus de banquet... et de quoi sert-il donc de mourir, si l'ombre de l'intelligence et l'ombre de la bêtise gardent ici l'écart qu'avaient là-haut l'intelligence et la stupidité... Je ne te quitte pas!

C'est ainsi qu'Ulysse dut présenter Elpénor à Hélène elle-même, et il la vit qui souriait au matelot, comme à la plus fraîche des ombres et qui sentait encore la vie.

Or Circé, qui sortait du palais pour surveiller le retour d'Ulysse, se heurta au cadavre d'Elpénor. C'était le premier mort qu'elle eût jamais vu et elle détesta ces restes sans levain sur lesquels mourait son pouvoir, comme un peintre une couleur sèche. Chaque fois qu'un de ses jouets, homme ou animal, menaçait de périr, elle le muait en un être plus petit, mais plus jeune, et de longue vie, en sorte que les alentours du château n'étaient plus peuplés que de perroquets et de tortues. Elle savait aussi qu'un mortel n'est rien, mais que le souvenir du mortel le plus mince détruit sur une contrée la trace du plus grand des dieux, que l'île de Circé risquait de devenir un jour, du fait de ce matelot déjeté, l'île d'Elpénor, et elle supplia Zeus de prêter au cadavre un souffle de quelques heures, de quoi juste gonfler pour cent ans une tendre vie de corbeau et éloigner sur des ailes même le péril que courait sa gloire...

Zeus hésitait, car pour la première fois il entendait ce nom sonore mais obscur. C'est alors qu'Ulysse, revenu avec son équipage au grand complet du royaume d'où jamais nul ne reviendra, ni ne revient, fit étendre sur un bûcher le corps lavé et huilé d'Elpénor, et commença de prononcer l'oraison qu'il récitait par cœur à chaque enterrement de matelot, ornant le défunt, si médiocre fût-il dans la vie, de qualités extrêmes, lui attribuant tous les vers et les découvertes anonymes, pour remonter le moral des survivants, et aussi avec la bonté sincère qu'inspire de voir étendu sans appétit de la vie et de l'air même, celui-là qui la veille encore se repaissait de mouton sur le gril.

— O Zeus, commença-t-il, toi qui te plains d'être obligé de te pencher pour apercevoir des humains autre chose que des boules crépues et opaques, et dont les regards arrivent bien juste à glisser sur la pente des visages suppliants, tu peux contempler de face aujourd'hui, dans son ensemble et sa majesté, avec ses jambes arquées comme la paire de cornes du cerf-volant, le plus illustre de nos compagnons! O mes amis, retenez une minute vos larmes qui coulent sur son corps huilé par gouttes gonflées, et criez à Zeus lequel entre tous les habitants d'Ithaque, lequel entre tous les Grecs, vous souhaiteriez le plus ne pas savoir privé de la lumière!

— O Zeus, c'est Elpénor! clamèrent toutes les voix, parmi lesquelles Zeus distingua, parvenue la première à l'Olympe, la voie aiguë de Périmède. Il crut bon d'y répondre par son tonnerre, et le nom d'Elpénor fut contenu pour la première fois dans le céleste roulement.

Ainsi un gravier parfois se loge dans un bouclier de bronze...

— Ce que fut Elpénor, ô Zeus? continua Ulysse. Demande plutôt ce qu'il ne fut pas. Il fut un cœur tendre dans un corps d'acier, une âme de choix dans une enveloppe hors de pair; le calembour à peine se contenait en son palais comme dans la bouche du perroquet la langue épaisse, et que dire aussi de son esprit ingénieux? C'est lui, charron, qui inventa la brouette, la changeant par un tréteau en roue à repasser, et il inventa aussi le lit, seule demeure commune des Dieux et des hommes. C'est lui, banquier, au jour de la septième collecte d'or, qui imagina de faire accepter pour moitié du versement les coupons thraces. C'est lui, poète, l'auteur des deux vers fameux : « Mon âme a son secret, ma vie a son mystère », et « Qu'est-ce que tout cela qui n'est pas éternel ? » Et à ce propos, vous enfants, entonnez le couplet qu'il chantait en peignant le cheval de Troie. Non sans réciter d'abord l'épigramme qu'il dédia à Hercule, le soir où ce dieu nous contait son combat de Némée, et le fils d'Alcmène, encore que vantard comme tous les chasseurs, ne laissa pas d'en rire aux éclats !

Il dit, et tous déclamèrent, Périmède battant la mesure :

> Hercule — parlons moins fort! —
> A tué le lion de Belfort.

Puis ils entonnèrent, alanguis, la complainte que chante le pilote durant les longues nuits, à l'heure où sur tous les visages de pilote coule la clarté de la même étoile :

Ecclissè, Ecclissa,
Mon bateau t'entraîne,
Nous avons tous fait ça,
Comme chante Hélène.

Gentil fuseau, ciseau méchant,
Marchandis's pour les filles,
Ecclissè, qu'il est beau le champ
Qu'on fauche sans faucilles !

Tous pleuraient. Au seuil de leurs narines et de leurs yeux s'amassait la fumée du bois vert, et il s'en évadait, comme le blaireau extrait de son terrier, un noir chagrin.

— Merci, camarades, dit Ulysse, et dites

encore à Zeus quel nom, s'il nous était accordé de voir revenir du royaume d'où nul jamais n'est revenu un des héros du siège, quel nom sortirait de vos bouches ? Est-ce le nom d'Ajax, le nom d'Achille?

— C'est le nom d'Elpénor! clamèrent les matelots, et la voix de Périmède surpassait toutes les autres.

C'est ainsi qu'Ulysse implorait le maître du monde, assuré qu'aucun cadavre ne peut renaître à la vie, que le destin est inéluctable, et que les trois terribles filles qui dévident et coupent n'ont jamais su, de leurs doigts osseux, faire à notre fil rompu un nœud coulant ou même une boucle.

Mais Zeus, de tant de douleur ému, rendit la vie à Elpénor, mort pour jamais, qui se dressa sur son bûcher, pour la première fois de sa vie embaumant et lavé, et ces deux journées dans l'ombre des Enfers n'eurent d'autre effet que d'adoucir sa peau, comme deux journées de piscine.

C'en était fait. Elpénor avait voulu revoir la belle Lampétie, sa cousine, gardienne des troupeaux sacrés et, la nuit venue, promettant au pilote les charmes de Phaétuse, la seconde vachère, il l'avait détourné jusqu'à l'île du Soleil. Tant Phœbus est peu redouté de celui que regarde Diane! C'en était fait. Les bœufs divins étaient égorgés, et bien que de leurs chairs cuites continuassent à s'exhaler de lugubres gémissements, les malheureux compagnons d'Ulysse s'attardaient à leur dernier repas, étonnés seulement, à la longue, du silence des mets innocents, bécasses, poissons et beignets aux légumes... Hélas ! la foudre avait fracassé leur navire : quatre fois il tourna sur lui-même comme aux exercices d'escadre ce vaisseau espagnol quand on ne déchargeait pas à la fois les pièces de ses deux bords ; puis il sombra, et tous flottèrent sur le gouffre comme des oiseaux marins ; d'abord de tout leur corps nu, et ils semblaient des cygnes ; puis voguèrent leurs têtes seules, pareilles aux oies sauvages ; enfin quelques mains ouvertes, hirondelles des mers, et Ulysse bientôt flotta seul. D'une coupe rapide, il nageait vers les débris du navire, et déjà il les atteignait, quand deux bras vigoureux enlacèrent son col.

— O Neptune! murmura-t-il, as-tu besoin de me saisir à bras le corps? La lutte est inégale. Toi seul as pied dans ces abîmes!

— O Ulysse! répondit une voix lamentable, ce n'est pas un ennemi qui t'enlace, c'est un ami, le plus fidèle, c'est Elpénor !

Le roi d'Ithaque se débattait avec rage.

— O Ulysse ! fils de Laerte ! petit-fils d'Arcésius ! Aie pitié ! suppliait Elpénor. Et, comme on lance un câble et le relance, essayant sur le rivage le poteau qui ne craque pas, ainsi il cherchait à atteindre celui des ancêtres d'Ulysse qui pût accrocher la pitié. Cependant il ne lâchait pas non plus la nuque de son maître, car sa plus solide demeure au monde était ce héros flottant !

— Lâche ma tête ! criait Ulysse.

— O Ulysse, c'est justement ta tête que j'implore, c'est à la plus divine part d'Ulysse que je veux devoir la vie. Ainsi, si tu étais Ajax, je me suspendrais à ton illustre bras, si tu étais Achille à ton talon, et, Latone, à tes seins. Bienheureux Elpénor, diront désormais les Grecs, comme Pallas naquit de Zeus, sous le marteau de la tempête il est né (mais tout nu) de la tête d'Ulysse, du cerveau même de l'Hellade!

Ulysse s'épuisait, et, comme le cheval du Nil sur le dos duquel des oiseaux picorent, pour chasser le dernier plonge ses lourds naseaux, il plongea et se défit de son dernier matelot, pour jamais...

Mais déjà Elpénor avait saisi ses deux chevilles.

— Sauve-moi, Ulysse, disait-il, ou m'apprends à nager! Sauve-moi, ou je maintiens tes jambes fermées comme des ciseaux, et t'empêche de fendre le drap écumeux. O maître, tu avais raison et je comprends ton courroux! C'est ce qu'il y a de plus indigne en toi que je conjure de me sauver, tes orteils, tes tendons... Ainsi je m'accrocherais à la tête d'Ajax, aux seins d'Achille, à l'âme de Thersite !...

Sa voix soudain attendrissait Ulysse. Assuré maintenant par l'oracle de rentrer un jour, et seul, dans Ithaque, il s'accordait à lui-même de plaindre ce malheureux, par l'oracle assuré de périr.

— Pauvre Elpénor, fit-il.

— O cher Ulysse ! clama Elpénor éperdu d'allégresse.

— Brave Elpénor, reprit Ulysse.

— O mon roi bien-aimé, ô ma seule vie ! cria Elpénor suffocant de reconnaissance.

— Pauvre gros Elpénor, reprit Ulysse.

— O porte de mon cœur, ô chevilles de mon âme ! clama Elpénor qui ne trouvait plus, dans sa joie, que des mots d'amour.

Mais, abusé par la flatterie du destin, il avait dans son transport ouvert les bras, abandonné, perdu Ulysse, et il coula. Il coula à pic, et la joie fut plus lourde en lui que la viande des bœufs divins en ses compagnons. Au-dessus du gouffre qui l'engloutit s'étala, car on l'avait enduit pour les funérailles d'une huile épaisse, une tache que moirait le soleil, ainsi que du monstre sous-marin que l'on éperonna. Et Elpénor, sur la terre source de désordres, donna soudain le calme à un arpent de tempête.

Ce fut le salut d'Ulysse, qui put atteindre une sorte de radeau. Il l'escalada ; à l'aide d'une gaffe, puis d'un filin mena à bien ces opérations marines que les traducteurs ne peuvent se tenir d'expliquer, pour la facilité du lecteur, en leurs termes techniques : il argua une conasse dans le virempot, puis la masure ayant soupié, bordina l'astifin : il était sauvé !

Huit jours il fut ainsi sauvé, flottant à

l'aventure, sans voile et sur un océan et dans une vie si déserte qu'aucune métaphore même ne pouvait s'ajouter aux pensées ni aux mots et les alléger. Le soleil étincelait, semblable seulement au soleil. La lune, semblable seulement à la lune, brillait, pâlissait... Ballotté, secoué, doré le jour, d'argent la nuit, Ulysse prenait parfois dans ses mains ses chevilles où les mains d'Elpénor avaient creusé des anneaux rouges, et il regrettait cette pauvre image indigente et obstinée de son destin, comme le chêne qu'emporte un torrent regrette sa racine moindre.

TABLE DES MATIÈRES

CHARTRES. — IMPRIMERIE DURAND, RUE FULBERT.

www.ingramcontent.com/pod-product-compliance
Lightning Source LLC
LaVergne TN
LVHW020333230826
846091LV00003B/859

9782329431666